# La cousine Bette

FichesdeLecture.com

# *La cousine Bette*
# (Fiche de lecture)

## I. INTRODUCTION

*La Cousine Bette* est un roman écrit par Honoré de Balzac. Il appartient au grand ensemble romanesque qu'est la *Comédie humaine*, puisqu'il est inclus dans la partie « Scènes de la vie parisienne ». Publié pour la première fois sous la forme d'un roman feuilleton en 1846 dans *le Constitutionnel*, le roman est ensuite édité en volume l'année suivante.

## II. RÉSUMÉ DU ROMAN

Le roman est composé de trois parties assez distinctes les unes des autres, qui s'étendent de 1838 à 1843.

Le premier tiers de l'œuvre permet à Balzac d'explorer en profondeur les histoires et trajectoires personnelles de ses personnages. D'ailleurs, après 150 pages environ, il écrit ceci : « ici se termine, en quelque sorte, l'introduction de cette histoire ».

L'histoire s'ouvre sur Adeline Hulot, épouse du Baron Hector Hulot, qui est courtisée assez maladroitement par Célestin Crevel. Il faut dire que son mari n'hésite pas à multiplier les liaisons adultères et les frasques, et finit par menacer l'équilibre de toute sa famille, en particulier l'avenir de leur fille Hortense. Quant à leur fils, Victorin, il est marié à la fille de Crevel, qui se prénomme Célestine. Adeline repousse les avances que lui fait Crevel.

La cousine de Mme Hulot, Bette, ou encore Lisbeth, qui est une vieille fille, dévoile à la belle Hortense l'existence de son protégé, le jeune artiste polonais Wenceslas Steinbock. La jeune femme s'arrange pour le rencontrer, et tombe immédiatement sous le charme du jeune homme, de même que ses parents. Ce dernier est toutefois moins riche que prévu, mais Hortense est convaincue que son talent suffira à les faire vivre, en s'appuyant notamment sur des commandes officielles d'oeuvres. Le mariage est donc décidé.

Cette décision n'est pas du tout du goût de la cousine Bette, qui laisse éclater sa rage. Cela fait, de plus, des années qu'elle est jalouse d'Adeline, sa magnifique cousine. Bette décide donc d'élaborer un plan de vengeance en s'aidant de Valérie Marneffe. Cette dernière, qui est une femme séduisante et bien faite de sa personne, récupère donc pour mission de séduire le baron Hulot, afin d'achever la ruine de la famille. Valérie parvient à se faire entretenir par le baron, de même qu'à l'attirer à elle, le jour même où, justement, Hortense se marie.

Puis le roman nous projette quelques années plus tard, en 1841. On s'aperçoit alors que le complot de la Cousine Bette a porté ses fruits, puisque les Hulots ont été profondément déstabilisés, financièrement mais aussi sentimentalement puisque, comme trois ans plus tôt, Adeline est de plus en plus laissée de côté par son mari. Quant à la courtisane Valérie, elle a réussi à conquérir d'autres hommes en plus du Baron, puisqu'elle entretient une relation avec Célestin, qui est devenu entretemps maire d'un arrondissement. Entre eux deux, sa fortune grandit de jour en jour.

L'été de la même année, la courtisane rencontre le Baron Montès, qui n'est autre que l'un de ses amants passés. Ce dernier revient du Brésil, et les deux personnages retrouvent leurs liens. Mais Valérie ne s'arrête pas là, puisqu'elle parvient à séduire Wenceslas. Au final, quatre hommes gravitent autour d'elle. Cela accable Hortense, qui décide de laisser son époux pour retourner vivre chez sa mère.

De son côté, Bette veut épouser le frère du Baron, le Maréchal Hulot. Cela lui permettrait notamment de s'élever à un rang supérieur à celui d'Adeline. Mais avoir provoqué la ruine du baron et de sa famille entrave son propre plan, puisque le Maréchal meurt, détruit par la chute de son frère. Rapidement pourtant, le baron est sauvé et quitte sa famille.

Deux ans plus tard environ, en 1843, le calme semble revenu dans la famille. Le Baron n'est pas revenu ; c'est donc Victorin qui est devenu le maître des lieux. Toutefois, le conflit familial se réanime lorsque Célestin doit épouser Valérie Marneffe. La famille Hulot refuse de se rendre à cette union, qui lierait Crevel avec la courtisane qui a détruit la famille.

Après bien des péripéties, Crevel et Valérie meurent, et les Hulot récupèrent leur fortune. Adeline part alors à la recherche de son mari le baron, et parvient à le faire revenir vivre chez eux. Toujours aussi jalouse et dépitée, la cousine Bette décède.

Tout se finirait bien si le Baron avait laissé de côté ses anciens réflexes de séducteur... mais il est attaché à une jeune employée de cuisine, âgée de quinze ans environ, ce qui achève Adeline, qui décède elle aussi. Le Baron devenu veuf veut désormais épouser sa maîtresse, Agathe...

# III. PRÉSENTATION DES PERSONNAGES PRINCIPAUX

Comme souvent chez Balzac, les personnages sont des éléments fondamentaux de l'œuvre.

## Bette Fischer

La Cousine Bette, dont le véritable nom est Lisbeth Fischer, est la plupart du temps décrite avec des termes issus du bestiaire, de l'animal, du sauvage. À commencer par son nom, « Bette », qui évoque directement la « bête ». Même dans la manière dont elle apparaît physiquement, Bette « ressemblait aux singes habillés en femmes ». Sa voix s'apparente à une « jalousie de tigre », et ses accès de rage et de jalousie ne sont pas sans rappeler les animaux les plus sauvages.

Un passage est criant de vérité lorsqu'il s'agit de la comparer à un animal en furie (au sens double littéral du terme, de rage et de folie) :

*« La physionomie de la Lorraine était devenue terrible. Ses yeux noirs et pénétrants avaient la fixité de ceux des tigres. Sa figure ressemblait à celles que nous supposons aux pythonisses, elle serrait les dents pour les empêcher de claquer, et une affreuse convulsion faisait trembler ses membres. Elle avait glissé sa main crochue entre son bonnet et ses cheveux pour les empoigner et soutenir sa tête, devenue trop lourde ; elle brûlait ! La fumée de l'incendie qui la ravageait semblait passer par ses rides comme par autant de crevasses labourées par une éruption volcanique. »*

Le personnage de la cousine Bette est animé par la jalousie (à l'égard d'Adeline), le ressentiment et le désir de vengeance, qui sera un moteur tout au long du roman (marqué par l'échec, nous l'avons vu). Dès l'instant où Adeline accueille Steinbock, sa rage explose, et l'ensemble du plan de vengeance se met en branle, avec l'aide de Valérie Marneffe.

Depuis la parution du roman, la plupart des critiques se sont accordés sur le fait que Bette a quelque chose de quasiment démoniaque en elle, au point qu'elle pourrait être « l'une des créations les plus terrifiantes de Balzac ». Une autre comparaison a été établie avec le personnage d'Iago, dans *Othello* de Shakespeare. En effet, la cousine Bette est particulièrement douée en matière de machination et de manipulation.

Balzac a précisé, dans une lettre adressée à Madame Hanska, qu'il s'est basé sur trois femmes de son existence : sa mère, Rosalie Rzewuska et Marceline Desbordes-Valmore, une poétesse.

## Valérie Marneffe

Valérie est une courtisane qui sert aussi les intérêts du plan de vengeance de la cousine Bette. C'est une très belle femme, séduisante et destructrice, puisqu'elle parvient à se faire entourer et entretenir (jusqu'à la ruine) par de nombreux amants.

Sa relation d'amitié avec Bette a fait couler beaucoup d'encre, car de nombreux critiques ont étudié les frontières qu'elle frôle avec une attirance lesbienne. F.Jameson a lui considéré que Valérie est une sorte d'« émanation de Bette », dans la mesure où leur relation est intense, et leurs buts similaires. Malgré les apparences, Valérie est une femme mariée, que son époux dégoûte.

Quoi qu'il en soit, elle trouve une source de distraction dans le fait de se jouer de ses amants, et parvient d'ailleurs à se constituer une fortune conséquente.

Il s'agit en tout cas d'un personnage fondamental dans cette œuvre de Balzac. Lorsqu'elle évoque Dalila, voici ce qu'elle déclare et qui semble la décrire elle-même : « Dalila, c'est la passion qui ruine tout », soulignant ainsi la force de la femme.

Plusieurs éléments laissent penser que Balzac s'est inspiré de femmes qu'il connaissait pour créer ce personnage.

## Hector Hulot

Le Baron Hulot est un séducteur à la vie dissolue, dont le personnage sert avant tout à incarner le désir masculine et la sexualité débridée. Ses relations extra-maritales à répétition et sa propension à entretenir ses maîtresses dans un train de vie luxueux, menacent tout au long du roman sa propre famille, aussi bien au niveau de l'équilibre sentimental du foyer, que d'un point de vue financier.

Hector Hulot finit par quitter sa demeure, sauvé de justesse par l'intervention d'une ancienne amante. Il y reviendra sur les conseils de sa femme, mais recèdera rapidement à la tentation, au point de vouloir épouser une jeune fille de 15 ans après le décès de son épouse... et son apparence physique décrépie.

## Adeline Hulot

Adeline est la femme du Baron Hulot. Comme la cousine Bette, elle est issue d'un milieu populaire, mais s'est élevée à un rang supérieur, tant par son mariage que par ses manières et sa mentalité. Elle incarne d'ailleurs une certaine idée moderne de la féminité, appliquée au XIXe siècle. Ses principales qualités sont la grâce, le dévouement et le courage.

Par exemple, malgré les infidélités répétées de son mari, Adeline ne craque pas, et ne cède pas non plus aux avances d'autres hommes. Elle est donc marquée par une grande capacité au pardon ; c'est là sans doute son défaut, puisque l'impunité avec laquelle agit son mari menace l'ensemble de la famille.

En tout cas, son personnage contraste fortement avec les maîtresses choisies par son époux. Ce thème a d'ailleurs intrigué beaucoup de critiques.

## Wenceslas Steinbock

Jeune artiste polonais, Wenceslas Steinbock est d'abord la "trouvaille » protégée de Bette... c'est à travers lui et son mariage avec Hortense qu'une crise générale se déclenche. Bette a en effet l'impression qu'on lui a volée un homme qui la rendait fière et la mettait en valeur.

La nationalité du jeune homme est à analyser en lien direct avec la propre expérience de vie de Balzac, qui estimait bien connaître la Pologne. C'est d'ailleurs pour cette raison qu'il ouvre généralement la porte à des considérations plus larges, portant sur les Polonais en général : « *Soyez mon amie, dit-il avec une de ces démonstrations caressantes si familières aux Polonais, et qui les font accuser assez injustement de servilité.* »

Quoi qu'il en soit, Steinbock est avant tout un artiste de génie, homme brillant à l'image de Balzac. Mais il se révèle souvent faible et inerte dans son comportement au sein du roman.

# IV. AXES D'ANALYSE DU ROMAN

## Une étude morale

Les personnages du roman sont mus par la passion, chacun l'exprimant à sa manière. Or comme le dit Valérie, « la passion ruine tout ». Derrière ce moteur, Balzac décortique en fait les mécanismes du vice et de la vertu.

Par exemple, nous avons d'un côté la cousine Bette et Valérie, qui incarnent toutes les deux le côté « noir » de la passion et du vice, puisqu'elles visent à détruire une partie de la famille Hulot. Valérie va même jusqu'à défendre ce comportement : « "La vertu coupe la tête, le Vice ne vous coupe que les cheveux." À sa manière, le Baron lui aussi détruit son entourage familial en suivant ses propres impulsions, c'est-à-dire sa libido débridée ; toutefois, son comportement est beaucoup moins intentionnel que peut l'être celui des deux femmes citées précédemment.

Sur l'autre versant des passions humaines, nous retrouvons Adeline, qui semble incarner la vertu dans tout ce qu'elle fait. Mais la réalité est plus complexe que cela, car sa capacité à pardonner et à se faire la complice indirecte de son mari questionne profondément ce statut vertueux.

Dans tous les cas, néanmoins, la passion est une dimension forte dans les actions ou la retenue de ces personnages. Et au final, personne ne l'emporte vraiment, qu'il soit vertueux ou vicieux.

# L'image de la femme

La place des figures féminines du roman est un élément important dans *La Cousine Bette.* À leur manière, les quatre femmes centrales dans l'œuvre symbolisent différents traits de la féminité (même négatifs), qu'il s'agisse de Bette, Valérie, Adeline ou Hortense.

On peut les diviser en deux duos qui se disputent pour le même homme, avec par exemple Valérie et Adeline pour le Baron, et Hortense et Bette pour Steinbock.

La cousine Bette a une place spécifique, car elle n'est pas féminine au sens traditionnel du terme. Balzac va même jusqu'à la décrire en ces termes : « des qualités d'homme ». Cela se remarque tout particulièrement dans sa relation à l'artiste, puisqu'elle le soumet et lui donne des ordres, tout en le « cadrant » financièrement ; quelque part, Bette endosse le costume social d'un homme de l'époque de Balzac.

Un autre aspect est développé par Balzac, celui de l'amour homosexuel entre femmes. Cette dimension est prégnante dans la relation qu'entretiennent Bette et Valérie. Cela reste toutefois assez discret, car tout semble indiquer que leur désir reste platonique... à l'exception des voisins qui, comme le lecteur, soupçonnent un dépassement physique du stade de l'amitié.

# Société et réalisme

Fidèle à sa volonté de réalisme, Balzac a beaucoup travaillé les détails de son œuvre, afin de créer une œuvre très ancrée dans son époque et son espace. Ainsi, la ville de Paris est un élément important du roman, fidèlement décrite et presque personnage à part entière. Cet « effet de réel » (Barthes) se retrouve aussi dans la réflexion développée sur la société et ses classes.

Le roman se situe à une époque où des changements structurels se font au sein de la société française. Balzac utilise ce fait pour décrire la bourgeoisie (très critiquée), les classes plus pauvres, l e monde des artistes, ainsi que les thèmes qui y sont liés : corruption, richesse, avidité, arrivisme... Notons que la vision d'ensemble n'est pas très positive, car Balzac montre une société qu'il dépeint comme étant inférieure à celle de l'ère bonapartiste.

# Dans la même collection en numérique



*Les Misérables*
*Le messager d'Athènes*
*Candide*
*L'Etranger*
*Rhinocéros*
*Antigone*
*Le père Goriot*
*La Peste*
*Balzac et la petite tailleuse chinoise*
*Le Roi Arthur*
*L'Avare*
*Pierre et Jean*
*L'Homme qui a séduit le soleil*
*Alcools*
*L'Affaire Caïus*
*La gloire de mon père*
*L'Ordinatueur*
*Le médecin malgré lui*
*La rivière à l'envers - Tomek*
*Le Journal d'Anne Frank*
*Le monde perdu*
*Le royaume de Kensuké*
*Un Sac De Billes*
*Baby-sitter blues*
*Le fantôme de maître Guillemin*
*Trois contes*
*Kamo, l'agence Babel*
*Le Garçon en pyjama rayé*
*Les Contemplations*

Escadrille 80

Inconnu à cette adresse

La controverse de Valladolid

Les Vilains petits canards

Une partie de campagne

Cahier d'un retour au pays natal

Dora Bruder

L'Enfant et la rivière

Moderato Cantabile

Alice au pays des merveilles

Le faucon déniché

Une vie

Chronique des Indiens Guayaki

Je voudrais que quelqu'un m'attende quelque part

La nuit de Valognes

Œdipe

Disparition Programmée

Education européenne

L'auberge rouge

L'Illiade

Le voyage de Monsieur Perrichon

Lucrèce Borgia

Paul et Virginie

Ursule Mirouët

Discours sur les fondements de l'inégalité

L'adversaire

La petite Fadette

La prochaine fois

Le blé en herbe

Le Mystère de la Chambre Jaune

Les Hauts des Hurlevent

Les perses

Mondo et autres histoires

Vingt mille lieues sous les mers

99 francs

Arria Marcella

Chante Luna

*Emile, ou de l'éducation*

*Histoires extraordinaires*

*L'homme invisible*

*La bibliothécaire*

*La cicatrice*

*La croix des pauvres*

*La fille du capitaine*

*Le Crime de l'Orient-Express*

*Le Faucon malté*

*Le hussard sur le toit*

*Le Livre dont vous êtes la victime*

*Les cinq écus de Bretagne*

*No pasarán, le jeu*

*Quand j'avais cinq ans je m'ai tué*

*Si tu veux être mon amie*

*Tristan et Iseult*

*Une bouteille dans la mer de Gaza*

*Cent ans de solitude*

*Contes à l'envers*

*Contes et nouvelles en vers*

*Dalva*

*Jean de Florette*

*L'homme qui voulait être heureux*

*L'île mystérieuse*

*La Dame aux camélias*

*La petite sirène*

*La planète des singes*

*La Religieuse*

*1984 A l'Ouest rien de nouveau*

*Aliocha*

*Andromaque*

*Au bonheur des dames*

*Bel ami*

*Bérénice*

*Caligula*

*Cannibale*

*Carmen*

*Chronique d'une mort annoncée*
*Contes des frères Grimm*
*Cyrano de Bergerac*
*Des souris et des hommes*
*Deux ans de vacances*
*Dom Juan*
*Electre*
*En attendant Godot*
*Enfance*
*Eugénie Grandet*
*Fahrenheit 451*
*Fin de partie*
*Frankenstein*
*Gargantua*
*Germinal*
*Hamlet*
*Horace*
*Huis Clos*
*Jacques le fataliste*
*Jane Eyre*
*Knock*
*L'homme qui rit*
*La Bête humaine*
*La Cantatrice Chauve*
*La chartreuse de Parme*
*La cousine Bette*
*La Curée*
*La Farce de Maitre Pathelin*
*La ferme des animaux*
*La guerre de Troie n'aura pas lieu*
*La leçon*
*La Machine Infernale*
*La métamorphose*
*La mort du roi Tsongor*
*La nuit des temps*
*La nuit du renard*
*La Parure*

*La peau de chagrin*

*La Petite Fille de Monsieur Linh*

*La Photo qui tue*

*La Plage d'Ostende*

*La princesse de Clèves*

*La promesse de l'aube*

*La Vénus d'Ille*

*La vie devant soi*

*L'alchimiste*

*L'Amant*

*L'Ami retrouvé*

*L'appel de la forêt*

*L'assassin habite au 21*

*L'assommoir*

*L'attentat*

*L'attrape-coeurs*

*Le Bal*

*Le Barbier de Séville*

*Le Bourgeois Gentilhomme*

*Le Capitaine Fracasse*

*Le chat noir*

*Le chien des Baskerville*

*Le Cid*

*Le Colonel Chabert*

*Le Comte de Monte-Cristo*

*Le dernier jour d'un condamné*

*Le diable au corps*

*Le Grand Meaulnes*

*Le Grand Troupeau*

*Le Horla*

*Le jeu de l'amour et du hasard*

*Le Joueur d'échecs*

*Le Lion*

*Le liseur*

*Le malade imaginaire*

*Le Mariage de Figaro*

*Le meilleur des mondes*

*Le Monde comme il va*

*Le Parfum*

*Le Passeur*

*Le Petit Prince*

*Le pianiste*

*Le Prince*

*Le Roman de la momie*

*Le Roman de Renart*

*Le Rouge et le Noir*

*Le Soleil des Scortas*

*Le Tartuffe*

*Le vieux qui lisait des romans d'amour*

*L'Ecole des Femmes*

*L'Ecume Des Jours*

*Les Bonnes*

*Les Caprices de Marianne*

*Les cerfs-volants de Kaboul*

*Les contes de la Bécasse*

*Les dix petits nègres*

*Les femmes savantes*

*Les fourberies de Scapin*

*Les Justes*

*Les Lettres Persanes*

*Les liaisons dangereuses*

*Les Métamorphoses*

*Les Mouches*

*Les Trois mousquetaires*

*L'étrange cas du Dr Jekyll et de Mr Hyde*

*L'Ile Au Trésor*

*L'île des esclaves*

*L'illusion comique*

*L'Ingénu*

*L'Odyssée*

*L'Ombre du vent*

*Lorenzaccio*

*Madame Bovary*

*Manon Lescaut*

*Micromégas*

*Mon ami Frédéric*

*Mon bel oranger*

*Nana*

*Ne tirez pas sur l'oiseau moqueur*

*Notre-Dame de Paris*

*Oliver twist*

*On ne badine pas avec l'amour*

*Oscar et la dame rose*

*Pantagruel*

*Le Misanthrope*

*Perceval ou le conte du Graal*

*Phèdre*

*Ravage*

*Roméo et Juliette*

*Ruy Blas*

*Sa Majesté des Mouches*

*Si c'est un homme*

*Stupeur et tremblements*

*Supplément au voyage de Bougainville*

*Tanguy*

*Thérèse Desqueyroux*

*Thérèse Raquin*

*Ubu Roi*

*Un Barrage contre le Pacifique*

*Un long dimanche de fiançailles*

*Un secret*

*Vendredi ou la vie sauvage*

*Vipère au poing*

*Voyage au bout de la nuit*

*Voyage au centre de la terre*

*Yvain ou le Chevalier au lion*

*Zadig*

# À propos de la collection

La série FichesdeLecture.com offre des contenus éducatifs aux étudiants et aux professeurs tels que : des résumés, des analyses littéraires, des questionnaires et des commentaires sur la littérature moderne et classique. Nos documents sont prévus comme des compléments à la lecture des oeuvres originales et aide les étudiants à comprendre la littérature.

Fondé en 2001, notre site FichesdeLectures.com s'est développé très rapidement et propose désormais plus de 2500 documents directement téléchargeables en ligne, devenant ainsi le premier site d'analyses littéraires en ligne de langue française.

FichesdeLecture est partenaire du Ministère de l'Education du Luxembourg depuis 2009.

Plus d'informations sur www.fichesdelecture.com

ISBN : 978-2-511-02893-3

Notes :